I'M STANDING ON A MILLION LIVES

02

TEXT:
Naoki Yamakawa

ZEICHNUNGEN:
Akinari Nao

INHALT

 # 5
Kraft und Sinn des kränklichen Kriegers
003

 # 6
Gläubige gegen Gläubige
039

 # 7
Krieger des Lichts und Fremder des Schattens
075

 # 8
Rippe und Herz
115

 # 9
Definition des Frachtstücks
153

#5 Kraft und Sinn des kränklichen Kriegers

ICH KANN MÄNNER NICHT LEIDEN!

OBWOHL SIE VON NATUR AUS STÄRKER UND FREIER SIND ALS FRAUEN ...

... NUTZEN SIE IHRE KRAFT NUR, UM DIE EIGENEN BEDÜRFNISSE ZU BEFRIEDIGEN.

SEHT MAL, YOTSUYA KOMMT IN UNSERE RICHTUNG!

Verbleibende Questzeit ca. 28 Tage 14 Stunden

Verbleibende Questzeit ca. 26 Tage 15 Stunden

Verbleibende Questzeit ca. 21 Tage 2 Stunden

Verbleibende Questzeit ca. 15 Tage 5 Stunden

Ich	etwa 0,7? (= F)
Kahavel	etwa 1,4? (= F+)
Shindo	etwa 0,5? (= F-)
Tokitate	etwa 0,3?
Hakozaki	etwa 0,3?

Die zwei Untergebenen von Kahavel etwa 0,8

※ Ausrüstung, Magie, Kampfstil und Wissen sind miteingerechnet.

KREATUR-MAGIE!

DA! SCHAU, HINTER DIR!

WIR STECKEN IN DER KLEMME! SIE SIND NICHT NUR STÄRKER ALS WIR, SIE KOMMEN ALLE AUF EINMAL AUF UNS ZU!

Quest: Das Frachtstück nach Radodorbo transportieren.

Frage: Das „Frachtstück" ist noch unbekannt.

Sind die Gefangenen das Frachtstück? Ja – Nein

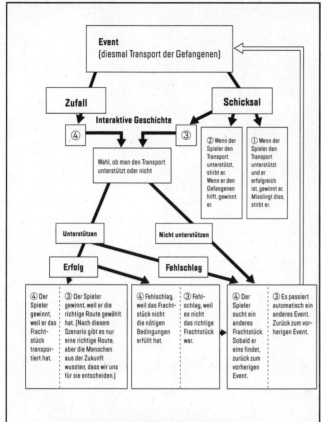

ES KÖNNTE EINE INTERAKTIVE GESCHICHTE SEIN, DIE SICH DADURCH AUSZEICHNET, DASS DER SPIELER STETS BIS ANS STORY-ENDE KOMMT, FÜR WELCHE ROUTE ER SICH AUCH ENTSCHEIDET.

DABEI GIBT ES ZWEI VARIANTEN. FALLS DIE MENSCHEN AUS DER ZUKUNFT EIN STORYENDE VORBEREITET HABEN, DAS WIR UNBEDINGT ERREICHEN SOLLEN, WÄRE DAS VARIANTE ③. VARIANTE ④ WÄRE, DASS UNS SOGAR DAS STORYENDE FREIGESTELLT IST. BEI BEIDEN KÖNNEN WIR UNS AUSSUCHEN, WELCHE ROUTE WIR EINSCHLAGEN.

BEI ③ UND ④ BESTEHT ALLERDINGS DIE GEFAHR, DASS DIE GEFANGENEN NICHT ALS FRACHTSTÜCK ANERKANNT WERDEN UND WIR DESHALB SCHEITERN.

TRIFFT ④ ZU, SIND WIR DEN SOLDATEN NUR ZUFÄLLIG BEGEGNET UND KÖNNEN DIE QUEST ERFÜLLEN, INDEM WIR EIN ANDERES FRACHTSTÜCK FINDEN UND ES NACH RADODORBO BRINGEN.

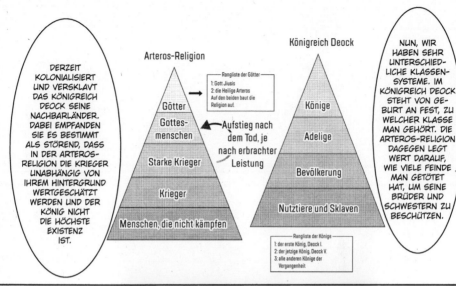

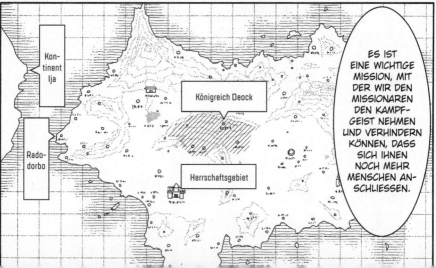

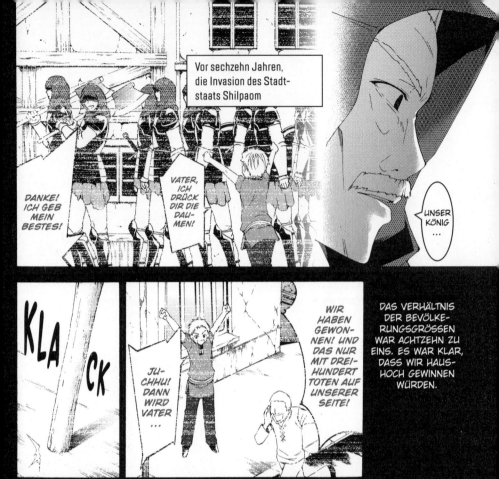

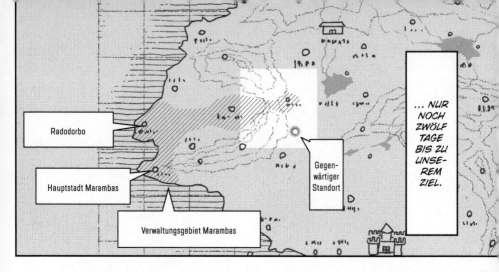

Verbleibende Zeit: ca. 13 Tage 6 Stunden

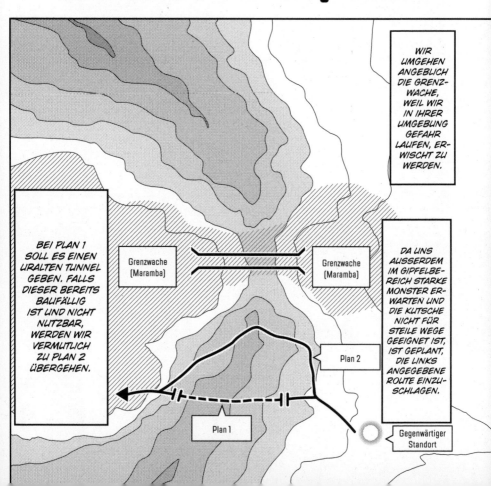

Verbleibende Questzeit ca. 11 Tage 20 Stunden

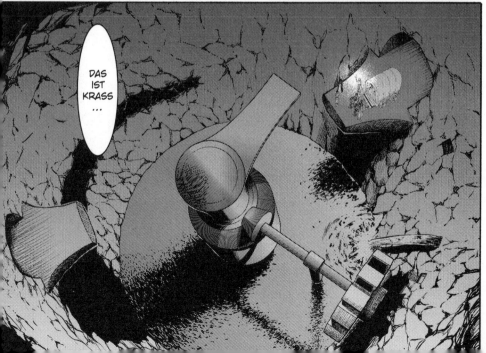

Antike Ruine / Hoz Banyazat Aragutz

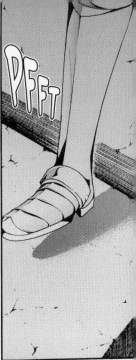

Verbleibende Questzeit ca. 10 Tage 23 Stunden

Mobile Wände

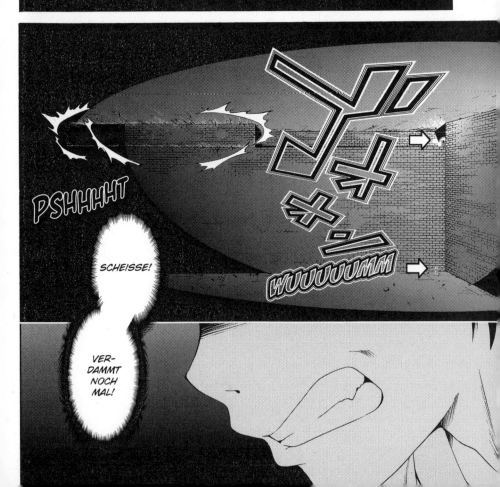

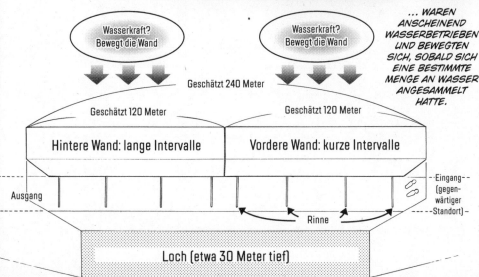

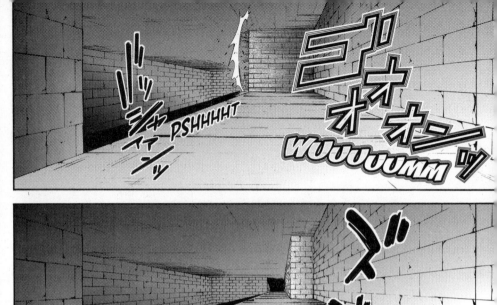

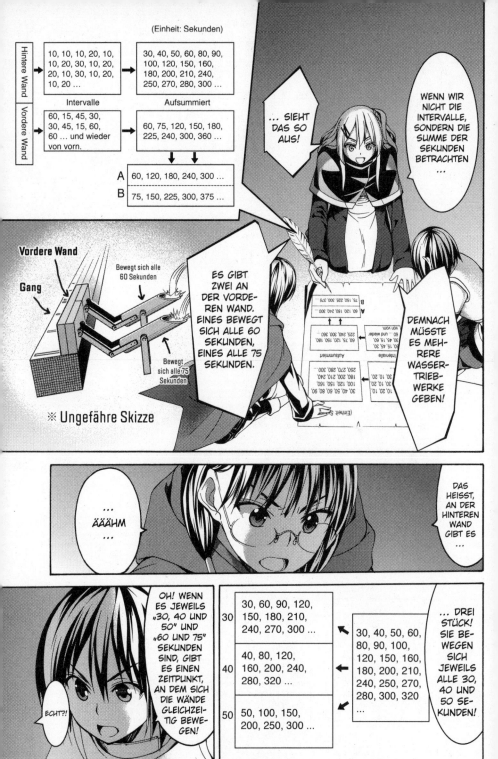

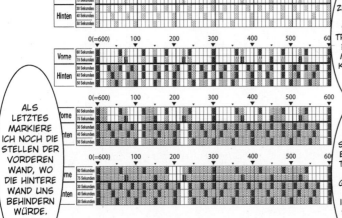

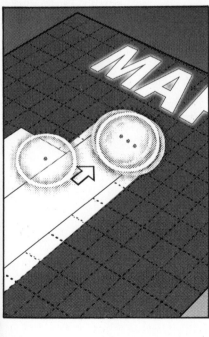

Sechs Stunden später

OH NEIN, DAS ...

MIR IST KLAR, DASS ICH WIEDERBELEBT WERDE, ABER BEI DEM ANBLICK WIRD MIR ECHT BANGE ...

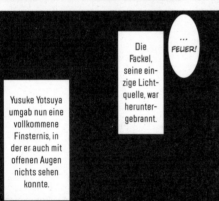

... FEUER!

Die Fackel, seine einzige Lichtquelle, war heruntergebrannt.

Yusuke Yotsuya umgab nun eine vollkommene Finsternis, in der er auch mit offenen Augen nichts sehen konnte.

Mit geschlossenen Augen konnte er sich besser konzentrieren.

DIE AUGEN SIND NICHT MEHR ZU GEBRAUCHEN ...

Trotzdem versuchte er es mit seinem Tastsinn immer und immer wieder.

Es war ein Rückblick in die Einsamkeit.

BESTIMMEN WIR DIE GRUPPEN FÜR DIE KLASSENFAHRT. KOMMT BITTE IN SECHSERGRUPPEN ZUSAMMEN!

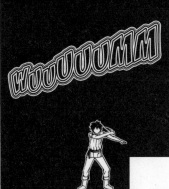

Es war eine Finsternis, die einen normalen Fünfzehnjährigen so verängstigt hätte, dass er sich nicht mehr hätte bewegen können.

Dazu kam, dass sich Yusuke nur auf seinen Tastsinn verlassen konnte, um nicht abzustürzen.

Um seine Psyche vor diesen beiden Ängsten zu schützen, spielte sein Gehirn Szenen aus der Vergangenheit ab.

Er überblendete die furchterregende Realität mit seinen Erinnerungen, bis es wieder Licht gab.

IST NOCH IRGENDWO PLATZ FÜR YOTSUYA? OH, IHR SEID NUR ZU FÜNFT.

ECHT JETZT?

WAS?

Doch ...

Es ist ungewiss, wie viele Dutzend Male er gefallen ist.

Mehrmals ist er gefallen oder hat sich den Kopf gestossen, weil die Karte lediglich von oben gezeichnet war.

Allerdings gab es auch weiterhin kein Licht, weshalb Yusuke nur vorankam, indem er auf die Karte sah und die Wand betastete.

Es waren bereits 40 Stunden vergangen, seitdem er das letzte Mal geschlafen hatte.

Es waren 30 Stunden vergangen, seitdem er das letzte Mal Licht gesehen hatte.

Das reichte aus, damit sich in ihm das Gefühl breitmachte, er sei ganz alleine auf der Welt.

HAST DU DAS GESEHEN?! GAME MASTER!

WAS?! IST ER DA HOCHGEKLETTERT?! WIE DAS DENN?!

DU HAST RECHT!

ECHT?! OH!

OH, YOTSUYA BEWEGT SICH!

Verbleibende Quest

Verbleibende Questzeit ca. 8 Tage 21 Stunden

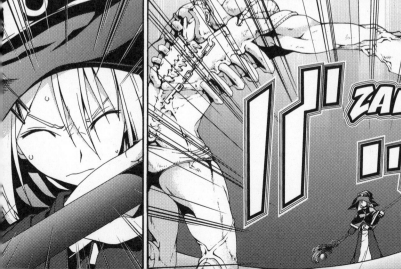

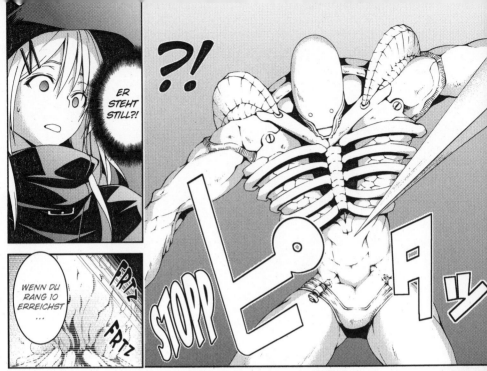

※ Aus Platzgründen gibt es einige Dinge, die unsere Figuren zwar wissen, die wir aber im Manga noch nicht erläutert haben:

Jobwechsel

Erreicht man Rang 10, erscheint der Game Master und dreht das Jobroulette von Neuem. Währenddessen steht die Zeit still für alle außer dem Game Master und dem Spieler, der den Job wechselt.

Übernahme der Fähigkeiten vergangener Jobs

Wenn man den Job wechselt, ändert sich zunächst das Kostüm entsprechend des neuen Jobs. Allerdings ist sowohl die Ausrüstung als auch das Kostüm des vergangenen Jobs in der Item-Box verstaut, sodass man sie jederzeit herausnehmen kann. Auch die Fähigkeiten können weiterhin angewandt werden. (Ein Beispiel für multiple Ausrüstung →)

Bonus für den neuen Rang

Neben Waffen, Kostümen und Fähigkeiten wird ein Bonus für den neuen Rang zu den Parametern addiert.
Der Bonus dient dazu, die Parameter des vergangenen Jobs teilweise zu übernehmen. Der Wert beträgt 1/2 der Parameter (Kraft, Oberkörper, Unterkörper, unwillkürliche Muskulatur, Widerstandsfähigkeit) von Rang 10.

Mit jedem neuen Rang steigen die Werte um jeweils 1% (nur bei Rang 1 zu Rang 2 steigen sie um 2%), weshalb sie bei Erreichen von Rang 10 im Vergleich zum Anfangswert um 10% höher sind.

Von den Kriegerjobs ist bisher nur der Schwertkämpfer aufgetreten, wohingegen bereits alle drei Sorten von Magiern (Hitze/Wind/ Kreatur) in Erscheinung getreten sind und bekannt ist, dass alle ihre Parameter bei Rang 1 80% betragen.

Magier (Hitze/Wind/Kreatur)			
Rang	1	2	10
Gesundheit	80%	82%	90%
Oberkörper	80%	82%	90%
Unterkörper	80%	82%	90%
Unwillkürliche Muskulatur	80%	82%	90%
Stärke	80%	82%	90%

Aufgrund dessen wird der Bonus eines Spielers, der bereits den Job eines Magiers innehatte, folgendermaßen berechnet:

$$90\% = -10\%$$
$$-10\% \div 2 = -5\%$$

So gilt für sie: „alle Parameter – 5%". Das bedeutet, dass Iu Shindo am Ende des siebten Kapitels ein im Vergleich zum Standard zu 5% schwächerer Schwertkrieger ist, der dafür Windmagie beherrscht.

Iu Shindo	Schwertkämpferin		Rang 1
	Eigenwert	Bonus	Gesamtwert
Gesundheit	220%	– 5%	215%
Oberkörper	190%	– 5%	185%
Unterkörper	180%	– 5%	175%
Unwillkürliche Muskulatur	170%	– 5%	165%
Stärke	190%	– 5%	185%

Illustration & Text: Naoki Yamakawa

Rang

Die Erfahrungspunkte, die nötig sind, um einen höheren Rang zu erreichen, sind je nach Job unterschiedlich. Nach Leichtigkeit des Auflevelns geordnet sieht das so aus:

> Sonstige 5 Jobs > Krieger > Magier

Wie das für Banditen und Jäger aussieht, ist unbekannt, weil sie noch nicht erschienen sind.

Prozente des Jobroulettes (Anfangswert)		
Schwertkämpfer	20%	8/40
Speerkämpfer	12.5%	5/40
Axtkämpfer	12.5%	5/40
Hitzemagier	12.5%	5/40
Windmagier	12.5%	5/40
Kreaturmagier	12.5%	5/40
Bandit	7.5%	3/40
Jäger	7.5%	3/40
5 sonstige Jobs je	0.5%	1/200
insgesamt 2.5%		1/40

Parameter

Gesundheit = Durchhaltevermögen.
Es scheint abhängig zu sein von der Lungenkapazität, der Durchblutung und dem Kalorienverbrauch.

Oberkörper = Jegliche willkürliche Muskulatur, die sich oberhalb der Hüfte befindet. Selbst, wenn die Werte sich ändern, ändert sich nichts am Aussehen.

Unterkörper = Jegliche willkürliche Muskulatur, die sich unterhalb der Hüfte befindet.

Unwillkürliche Muskulatur = Muskulatur, die nicht aus eigenem Willen heraus bewegt werden kann. Dazu zählen das Herz und die Organe.

Stärke = Damit ist die Fähigkeit gemeint, jegliche externen Faktoren abzuwehren, die die Gesundheit beeinträchtigen.
Der Wert beeinflusst nicht nur die Resistenz gegen physische Angriffe, sondern auch gegen Temperaturanstieg oder -abfall, Sauerstoffmangel, Elektrizität, Gift, Krankheit und weitere Faktoren.
Was die vier Parameter von Kraft bis unwillkürliche Muskulatur betrifft, gibt es pro Job einen Eigenwert. Dahingegen stellt die Widerstandsfähigkeit den Durchschnittswert der vier Parameter dar. Aus Platzgründen kann abgerundet werden.

Parameter der Magier

MP = Ein weiterer Parameter neben den oben genannten fünf. Man erhält sie erst, wenn man Magier wird. Sie sind quasi der Treibstoff für die Magie. Es gibt einen Maximalwert und einen Istwert, die dem Maximum und der Restmenge eines Treibstofftanks entsprechen.

Magische Kraft (Hitze/Wind/Kreatur) = Gibt den nötigen MP-Verbrauch an, um die jeweilige Magiesorte anzuwenden. Es gibt nur einen gemeinsamen MP-Wert für alle Magiesorten, doch die magische Kraft hat für Hitze, Wind und Kreatur andere Werte. Bei Anwendung von Magie wählt man Stärke, Zeit, Reichweite und Ort der Anwendung (je weiter vom Magier entfernt, desto größer der Verbrauch) und durch Multiplikation dieser vier Werte miteinander wird der MP-Verbrauch bestimmt.

> MP-Verbrauch = Stärke × Zeit × Reichweite × Entfernung vom Magier ÷ Magische Kraft
> (entsprechend der Magiesorte)
> MP × Magische Kraft ≥ Stärke × Zeit × Reichweite × Entfernung

In einigen Szenen wurde gezeigt, wie die MP sofort aufgebraucht wurden, sobald man Magie benutzte. Das liegt daran, dass die Figuren ihre MP komplett ausgeschöpft, die Zeit so gering wie möglich und die Stärke so groß wie möglich gehalten haben. Bei ihrer jetzigen magischen Kraft und ihren MP vermögen sie damit trotzdem nicht ihren Gegner außer Gefecht zu setzen.

Yuka Tokitate verbrauchte all ihr Mana, konnte aber nur um in einem Radius von 10 cm die Temperatur auf 24 Grad erhöhen.

Text: Naoki Yamakawa

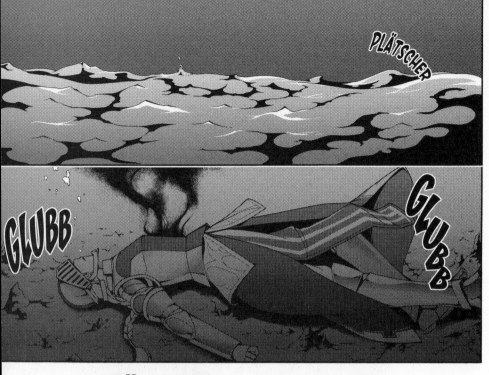

Fünf Minuten zuvor

Der fünfte Raum

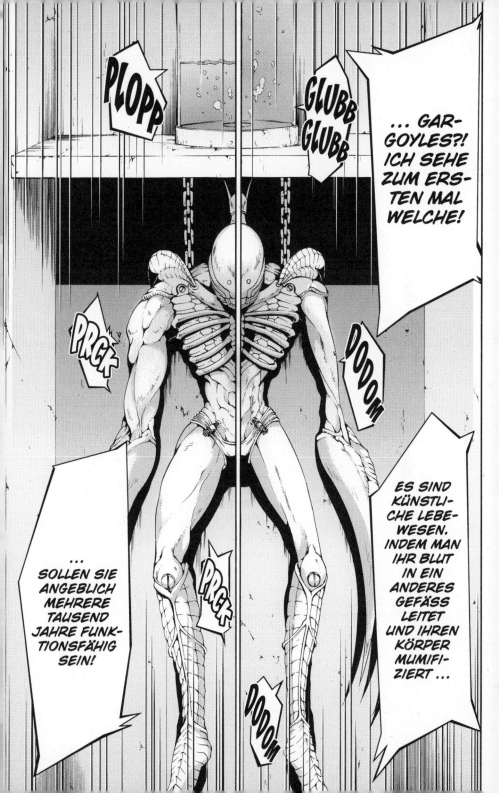

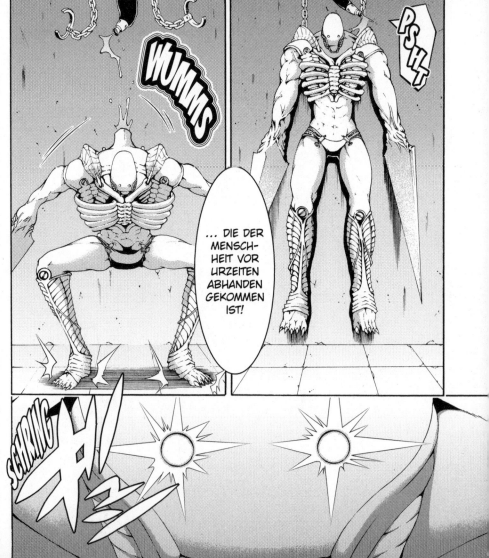

DIE WUNDEN BRAUCHEN ZWANZIG SEKUNDEN, UM ZU HEILEN. ES SIND ALSO NOCH FÜNFZEHN ...

GRAPP

BATT

ICH MUSS IHN HIER AUFHALTEN!

DIE ANDEREN BEIDEN KÖNNEN NICHT KÄMPFEN UND MAQUA KANN ICH NICHT KÄMPFEN LASSEN, WEIL SEINE WUNDEN NICHT HEILEN!

Maqua

Der vierte Raum

ICH MUSS NUR ETWAS ZEIT SCHINDEN!

MAP

YOTSUYA IST SCHON GANZ IN DER NÄHE!

Riesenlabyrinth

ES IST IRGENDWIE HELLER GEWORDEN ...

AUF MEINER KARTE IST DER RICHTIGE WEG VERZEICHNET, WEIL DIE ANDEREN DREI SCHON DURCHGEGANGEN SIND!

ZUM GLÜCK IST DER VIERTE RAUM EIN LABYRINTH!

ES IST ...

... NICHT MEHR WEIT!

ICH WAR OHNE SCHLAF UND OHNE PAUSE GERANNT UND KURZ DAVOR, MEINE GEFÄHRTEN EINZUHOLEN.

DAPP

DAPP

WER BIN ICH …?

WER BIST DU …?

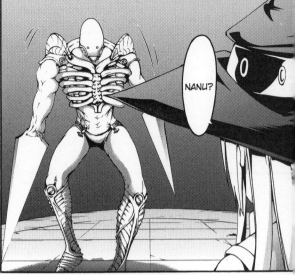

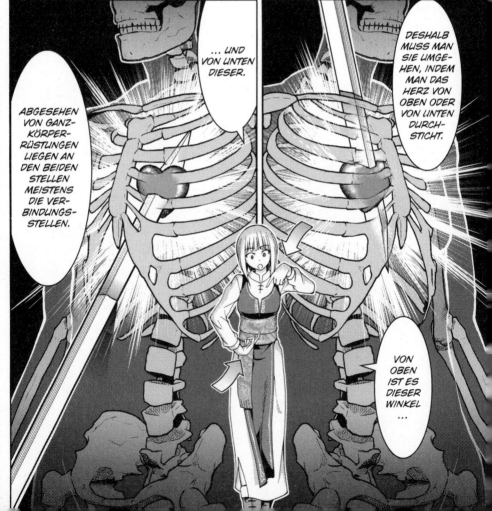

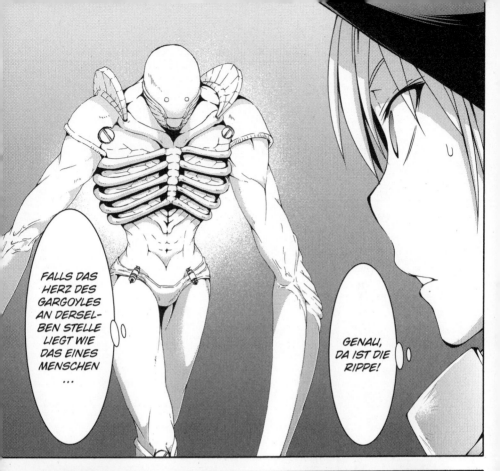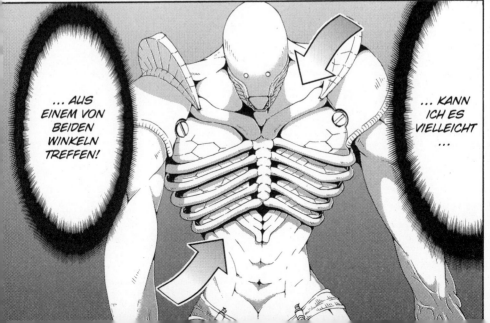

COVER ILLUSTRATION : ROUGH

ROUGH : OTHER CUT

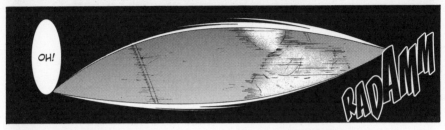

Kreaturmagie „Beschleunigung des Zellstoffwechsels"
Kann zum Beispiel zur schnellen Wundheilung beitragen

Das reichte bei Weitem nicht, um Kahavels Verletzung zu behandeln.

Yotsuyas MP betragen zurzeit etwa 140, seine magischen Kreaturkräfte etwa 35. Selbst wenn er seine gesamten MP ausschöpft, kann er bestenfalls Wunden heilen, die zwei Millimeter tief und fünf Zentimeter breit sind.

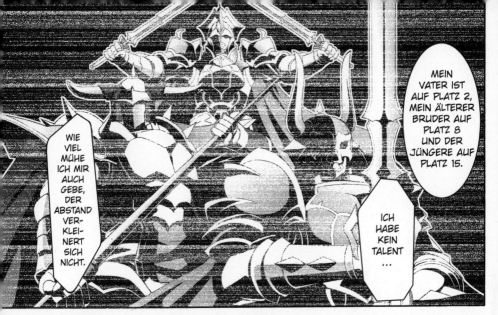

Verbleibende Questzeit ca. 8 Tage 17 Stunden → ca. 7 Tage 10 Stunden

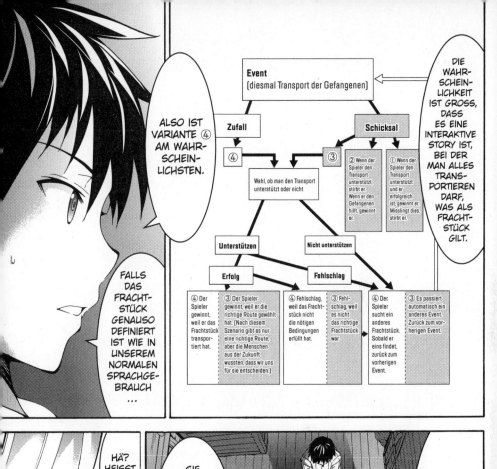

Verbleibende Questzeit ca. 7 Tage 1 Stunde

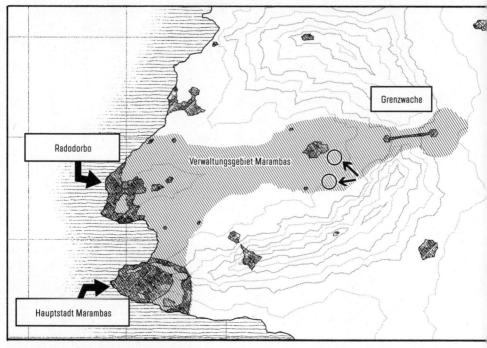

BLEIBT NUR NOCH DIE FRAGE, WIE WIR EUCH AUFTEILEN ...

IM HINBLICK AUF DIE KAMPFKRAFT SOLLTEN SHINDO UND ICH IN SEPARATE GRUPPEN KOMMEN.

Vor der Gruppenteilung

HMPF

Verbleibende Questzeit ca. 5 Tage 17 Stunden

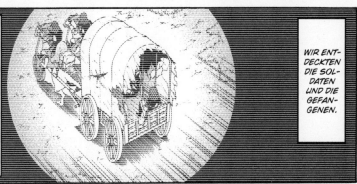

Alle sechs waren wohlauf. Da dies ein gut überschaubares Flachland ist, verfolgten wir sie mit etwas Abstand, bis die „Vorkehrungen" getroffen waren.

Wir entdeckten die Soldaten und die Gefangenen.

Verbleibende Questzeit ca. 5 Tage 9 Stunden

Vielleicht war ursprünglich geplant, dass du nicht Held, sondern Drachenlord wirst?

Echt beeindruckend, was für fiese Ideen dir einfallen.

Morgen führen wir den Plan durch.

Alles klar.

Ich will endlich meinen Tsukasa sehen...

Ach ja, die Spielekonsolen. In letzter Zeit spiele ich nur noch Social Network Games.

Bei *Dark Sword* oder *Fall Bad* denke ich halt oft darüber nach, wie ich den Feind umbringe.

Na ja, das ist meine Spezialität.

Verbleibende Questzeit ca. 4 Tage 15 Stunden

Weiter geht's in Band 3

I'M STANDING ON A MILLION LIVES

APOSIMZ – LAND DER PUPPEN

Tsutomu Nihei

Das aktuelle Meisterwerk von Tsutomu Nihei (BLAME!, Knights of Sidonia)

Vor 500 Jahren verloren die Menschen des künstlichen Planeten Aposimz den Krieg gegen den Kern des Planeten und somit auch das Recht, im Inneren von Aposimz zu leben. Seitdem kämpfen sie auf der eiskalten Oberfläche des Planeten ums Überleben. Sie verstecken sich in den Ruinen einer längst vergangenen Zeit, um der Unterdrückung durch die aggressiven Cyborgs (oder Puppen) des Kernes zu entgehen … während sie eine mysteriöse Krankheit einen nach dem anderen selbst in Puppen verwandelt.

14x21 | SC mit Klappen | sw | 192 Seiten | € 10,– (D)
Band 1 als FULL COLOR MASTER EDITION im Hardcover
16x24 | HC | 4c | 192 Seiten | € 30,– (D)

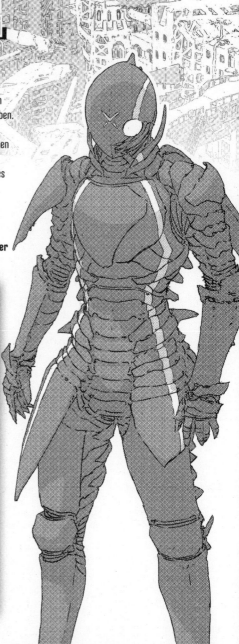

STOPP! DIES IST DIE LETZTE SEITE!

I'M STANDING ON A MILLION LIVES ist ein Manga, und einen japanischen Comic liest man von hinten nach vorne. Auch die Lesereihenfolge der Bilder und Sprechblasen auf den Seiten ist anders als gewohnt: von rechts oben nach links unten.

I'M STANDING ON A MILLION LIVES 02

von
Naoki Yamakawa & Akinari Nao

1. Auflage, 2021
Deutsche Ausgabe/German Edition
© Manga Cult, Ludwigsburg 2021

Aus dem Japanischen von Nana Umino

Copyright © 2017 Naoki Yamakawa / Akinari Nao. All rights reserved.
First published in Japan in 2017 by Kodansha Ltd., Tokyo.
Publication rights for this German edition arranged through Kodansha Ltd., Tokyo.

Programmleitung: Michael Schuster & Alexandra Grimsehl
Redaktion: Sarah Elstner
Lektorat: Katrin Aust
Korrektorat: Beatrice Tavares
Layout und Lettering: Manga Cult, Datagrafix GSP GmbH, Berlin
Druck: GGP Media GmbH, Poessneck

Alle deutschen Rechte vorbehalten. Nachdruck, auch auszugsweise, verboten. Kein Teil dieses Werkes darf ohne schriftliche Genehmigung des Verlages in irgendeiner Form reproduziert oder unter Verwendung elektronischer Systeme verarbeitet, vervielfältigt oder verbreitet werden.

Print-ISBN: 978-3-96433-464-0

www.manga-cult.de | Juli 2021

01

I'M STANDING ON A MILLION LIVES

TEXT:
Naoki Yamakawa

ZEICHNUNGEN:
Akinari Nao

INHALT

 # 1
Das Ende und der Anfang der
Guerilla-Leibeigenschaft

001

 # 2
Ein Otaku und wie man sich beliebt macht

075

 # 3
Die Kraft und die Feinde von Majiha Purple

119

 # 4
Ein Fleisch zerschneidendes Mädchen
und das Rittertum

157

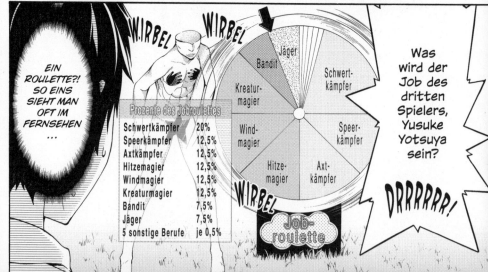

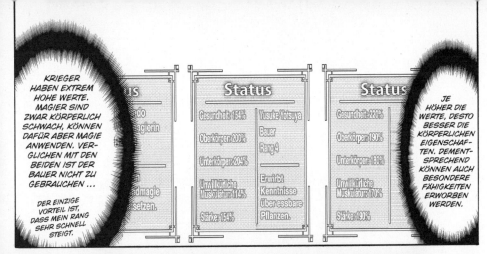

SO SIEHT DAS MONSTER AUS.

ICH BITTE EUCH, RETTET UNSER DORF!

OH NEIN...

ÄHM, GENAU. ICH SCHAFFE ES NICHT, SIE MIT DEM SCHWERT ZU TREFFEN...

DU HAST NOCH NICHT EINEN GOBLIN ERLEDIGT, ODER?

ÄH... ABER...

DANN BLEIB HIER, DAMIT DU NICHT STIRBST. ICH WERDE TRAINIEREN, UM AUFZULEVELN.

WIE NERVIG. SIE HASST DOCH JUNGS, ODER NICHT?

ECHT NUTZLOS.

WARUM IST SIE AM LEBEN UND NICHT SHINDO?

JEDES MAL, WENN ICH AN DAMALS DENKE ...

... SEHE ICH VOR WUT ROT.

ICH STEIGER MICH DA ZU SEHR REIN.

GUT. BLEIB COOL.

HILF MIR ...

#

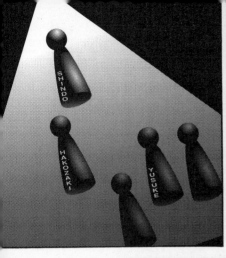

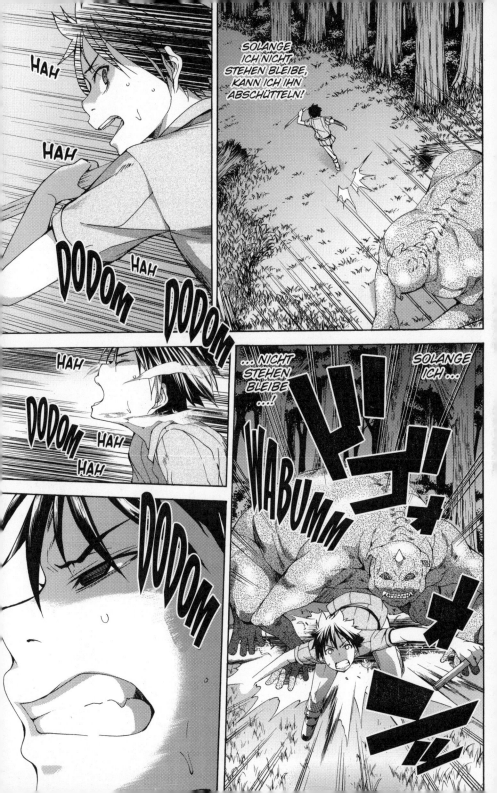

Yusuke Yotsuya
Tot

ALLERDINGS ...

WINDMAGIE BEFÄHIGT AUSSCHLIESSLICH DAZU, DIE LUFT ZU BEWEGEN.

DESHALB ...

... HABEN WINDMAGIER MIT EINEM NIEDRIGEN RANG KEINERLEI MITTEL, MONSTER ZU TÖTEN.

I'M STANDING ON
A MILLION LIVES

2 Ein Otaku und wie man sich beliebt macht

ZACK
!

ZWEI WOCHEN SIND SEITDEM VERGANGEN.
NOCH IMMER KEINE NACHRICHT VOM GAME MASTER ...

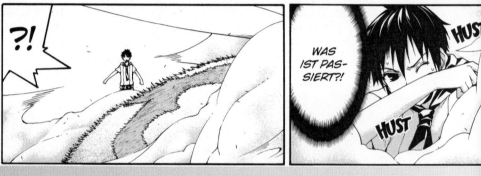

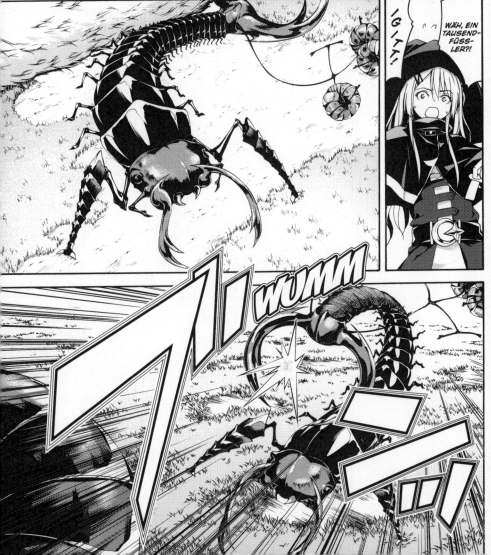

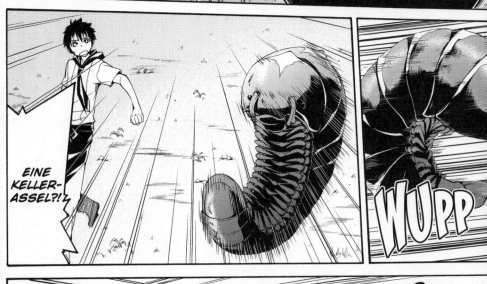

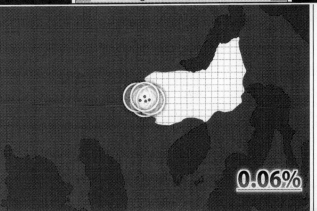

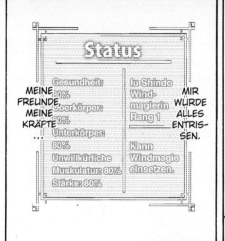

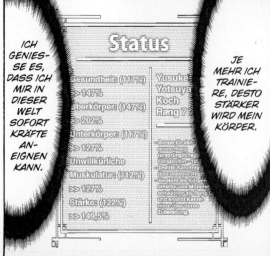

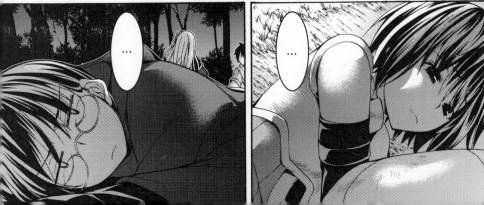

Verbleibende Questzeit ca. 36 Tage 22 Stunden

Verbleibende Questzeit: ca. 35 Tage 3 Stunden

Verbleibende Questzeit ca. 34 Tage 8 Stunden

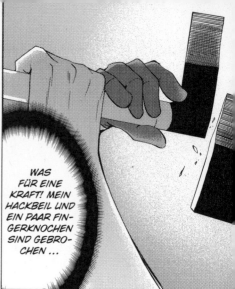

QUEST

- 5% der Karte erkunden (derzeit 0,24%)
- Das Frachtstück nach Radodorbo transportieren.
(etwa 30 Tage bis zur Ankunft? Das „Frachtstück" ist noch unbekannt)

Verbleibende Zeit: ca. 33 Tage 23 Stunden

Weiter geht's in Band 2